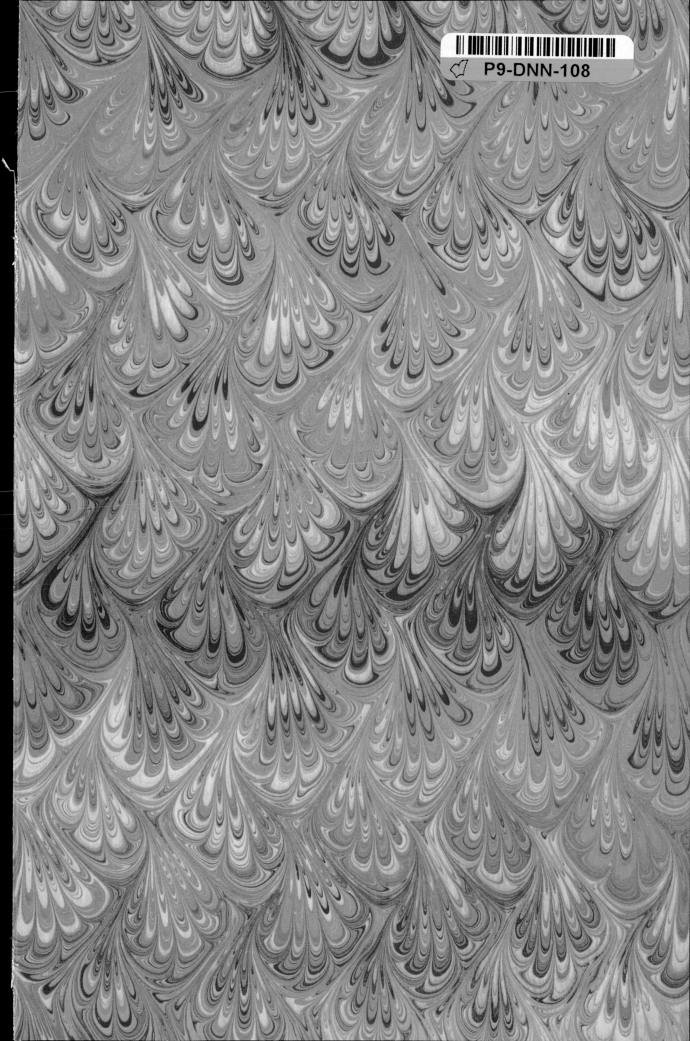

Primera edición en inglés,   1981
Primera edición en español, 2004
    Primera reimpresión,   2008

Grimm, Wilhelm y Jakob Grimm
    Hansel y Gretel / Wilhelm Grimm, Jakob Grimm ; ilus.
de Anthony Browne. — México : FCE, 2004
    [32] p. : ilus.; 28 × 19 cm — (Colec. Clásicos)
    Título original Hansel and Gretel
    ISBN 978-968-16-7062-7

    1. Literatura Infantil I. Grimm, Jakob, coaut. II. Browne,
Anthony il. III. Ser. IV. t.

LC PZ7   Dewey 808.068 G663h

Distribución mundial

Comentarios y sugerencias:
librosparaninos@fondodeculturaeconomica.com
www.fondodeculturaeconomica.com
Tel. (55) 5449-1871 Fax. (55) 5449-1873

 Empresa certificada ISO 9001: 2000

Editores: Daniel Goldin y Miriam Martínez
Dirección artística: Mauricio Gómez Morin
Diseño: Francisco Ibarra Meza
Traducción de Miriam Martínez

Título original: *Hansel and Gretel*
© 1981, 2003 Anthony Browne
Publicado por acuerdo con Walker Books Ltd., Londres SE11 5HJ

D. R. © 2004, FONDO DE CULTURA ECONÓMICA
Carretera Picacho Ajusco, 227, 14738, México, D. F.

ISBN 978-968-16-7062-7

Impreso en México • *Printed in Mexico*

Hermanos Grimm

Hansel y Gretel

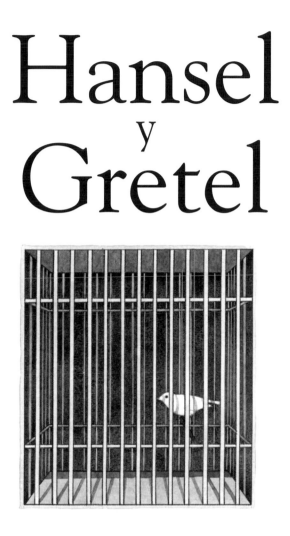

ilustrado por

Anthony Browne

CLÁSICOS

A la orilla de un enorme bosque vivía un pobre leñador con sus dos hijos y la madrastra. El niño se llamaba Hansel y la niña, Gretel. La familia siempre había sido muy pobre, pero cuando una terrible hambruna azotó la región, se quedaron sin nada qué comer.

Una noche, el leñador daba vueltas entre las sábanas, suspiró y le dijo a su mujer:

—¿Qué podemos hacer? ¿Cómo vamos a alimentar a nuestros hijos cuando ni siquiera tenemos suficiente para nosotros?

—Te propongo una cosa —dijo su mujer—. Mañana temprano llevemos a los niños donde el bosque es más espeso; les encendemos una fogata y le damos a cada uno un trocito de pan, luego nos vamos a trabajar y los dejamos solos. Jamás encontrarán el camino de regreso a casa y así nos libraremos de ellos.

—No, no puedo hacer algo así —dijo él—. ¿Cómo voy a tener corazón para dejar a mis hijos solos en el bosque? Los animales salvajes no tardarían en llegar y devorarlos.

—Qué necio eres —replicó ella—. Si no lo hacemos los cuatro moriremos de hambre. ¿Por qué mejor no empiezas a cortar las tablas para nuestros ataúdes?

Y no lo dejó en paz hasta que él consintió.

—Pero siento pena por los niños —dijo.

El hambre también mantenía despiertos a Hansel y Gretel, quienes oyeron lo que la madrastra le había dicho al padre. Entre amargos sollozos, Gretel dijo:

—Estamos perdidos.

—Tranquila —dijo Hansel—. No te desesperes, encontraré la manera de salvarnos.

Tan pronto como su padre y la madrastra se durmieron, Hansel se levantó, se puso una bata, y se escabulló hacia afuera por la puerta principal.

La luna brillaba intensamente y los guijarros blancos alrededor de la casa resplandecían como monedas nuevas. Hansel se agachó y guardó todas las piedritas que le cupieron en los bolsillos. Después regresó con su hermana, y le dijo:

—Todo está listo, hermanita. Duerme tranquila. Dios nos ayudará.

Al amanecer, antes de que saliera el sol, la mujer despertó a los niños.

—¡Levántense, holgazanes! Hay que ir al bosque por leña —y dándole a cada uno un trozo de pan, les dijo—. Tomen, aquí tienen algo para comer, pero no se lo acaben ahora, porque ya no habrá más.

Gretel metió el pan en su abrigo y Hansel guardó las piedras en los bolsillos. Luego se dirigieron al bosque.

Después de haber andado un breve trecho, Hansel se detenía una y otra vez para mirar hacia atrás, entonces su padre le dijo:

—Hansel, ¿por qué te quedas atrás? No te distraigas y sigue con nosotros.

—Estoy mirando a mi gatito blanco —dijo Hansel—. Está sentado en el tejado y me dice adiós.

—¡Tonto! —gritó la mujer—. Ése no es tu gato, es el sol de la mañana que se refleja en la chimenea.

Pero Hansel no miraba a su gatito. Cada vez que se detenía era para sacar un guijarro de su bolsillo y dejarlo caer en el camino.

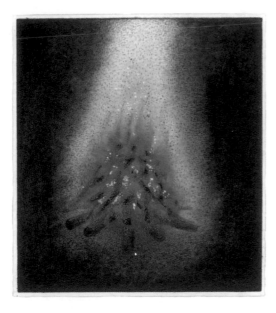

Una vez en lo profundo del bosque, el padre dijo:

—Niños, vayan por leña, yo haré un fuego para que no pasen frío.

Hansel y Gretel recogieron ramas secas e hicieron un montón con ellas. Cuando el fuego crecía, dijo la mujer:

—Ahora, niños, recuéstense al lado del fuego y descansen; nosotros vamos a cortar leña y cuando hayamos terminado, volveremos por ustedes.

Hansel y Gretel se sentaron frente al fuego, y cuando llegó el mediodía, se comieron su trocito de pan. Como oían golpes de hacha creían que su padre estaba cerca. Pero no era el hacha, sino una rama que él había atado a un árbol muerto y que el viento movía de un lado a otro. Hansel y Gretel habían pasado mucho tiempo sentados; estaban tan cansados que se quedaron dormidos. Al despertar, la más completa oscuridad los rodeaba.

—¿Cómo vamos a salir del bosque? —preguntó Gretel, rompiendo a llorar.

Hansel la consoló:

—Espera un poco hasta que salga la luna, entonces encontraremos el camino.

Una vez que salió la luna llena, Hansel tomó a su hermanita de la mano y comenzó a seguir los guijarros, que brillaban mostrándoles el camino.

Caminaron durante toda la noche y llegaron a su casa al despuntar el día. Llamaron a la puerta, y cuando la mujer abrió y vio que eran ellos, exclamó:

—Niños malvados, ¿cómo pudieron dormir tanto en el bosque? ¡Creíamos que jamás regresarían!

Sin embargo, el padre se alegró al verlos, pues se le había roto el corazón por haberlos dejado totalmente desamparados.

No pasó mucho tiempo sin que el hambre volviera a la casa. Y una noche los niños oyeron a su madrastra, hablar con el padre en la cama:

—Sólo nos queda media hogaza de pan; y no hay más. Los niños tienen que irse. Esta vez los llevaremos mucho más adentro en el bosque para que no encuentren el camino de regreso. No podemos hacer nada más.

Al hombre se le partía el alma, pues pensaba que sería mejor compartir hasta el último bocado con sus hijos. Pero la mujer no lo escuchaba; lo insultó y le hizo mil reproches. Y como había cedido antes, también cedió ahora.

Los niños todavía estaban despiertos y alcanzaron a escucharlos. Tras esperar a que los padres se durmieran, Hansel se levantó para recoger guijarros como la vez anterior, pero la madrastra había echado llave a la puerta y Hansel no pudo salir. De todos modos consoló a su hermanita:

—No llores, Gretel. Dios nos ayudará de nuevo.

A la mañana siguiente la mujer sacó a los niños de la cama y después les dio un trocito de pan aún más pequeño que el de la vez anterior. En el camino hacia el bosque, Hansel lo desmoronó en su bolsillo; a menudo se detenía y echaba migajas a la tierra.

—Hansel, ¿por qué te detienes y miras hacia atrás? —preguntó el padre—. Sigue tu camino.

—Estoy mirando a mi palomita que está sentada en el tejado y me dice adiós.

—¡Tonto! —gritó la mujer—. No es ninguna paloma, es el sol de la mañana que se refleja en la chimenea.

Sin embargo, Hansel seguía arrojando migajas a lo largo del camino.

La mujer llevó a los niños a lo más profundo del bosque, tan adentro como jamás habían estado. Ahí encendieron de nuevo un gran fuego, y la madrastra les dijo:

—Quédense aquí. Pueden dormir un poco si se sienten cansados. Nosotros vamos a cortar leña y, al terminar, vendremos por ustedes.

Al mediodía Gretel compartió su pan con Hansel, que ya había esparcido el suyo por el camino. Luego se durmieron. Pasó la tarde, pero nadie vino por los niños. Estaba muy oscuro cuando despertaron. Hansel consoló a su hermanita:

—Espera un poco, Gretel, espera hasta que salga la luna. Entonces veremos las migajas que he arrojado y ellas nos mostrarán el camino a casa.

Se levantaron al salir la luna, pero no hallaron ninguna migaja; se las habían comido los pájaros del bosque.

—¡Anímate! —dijo Hansel—, de todos modos encontraremos el camino.

Pero no fue así. Caminaron toda la noche y todo el día siguiente sin lograr salir del bosque. Tenían mucha hambre y sólo encontraron unas cuantas bayas. Hansel y Gretel se cansaron tanto que no pudieron continuar, se acostaron bajo un árbol y se durmieron.

Hacía ya tres días que habían salido de su casa. Comenzaron de nuevo a andar, pero cada vez se adentraban más en las profundidades del bosque.

Si no recibían ayuda pronto, morirían de hambre. Sin embargo, al mediodía vieron a un hermoso pajarillo, blanco como la nieve, posado en una rama; su canto era tan dulce que se detuvieron a escucharlo. Cuando terminó, se echó a volar y los niños lo siguieron hasta una pequeña casa, sobre cuyo tejado se posó. Cuando se acercaron vieron que la casa era de galleta, ¡y las ventanas de azúcar claro y brillante!

—¡Mira! —dijo Hansel—. ¡Un banquete! Voy a comerme un trozo de tejado; tú prueba la ventana.

Hansel se estiró y arrancó un pedacito del tejado mientras que Gretel se acercó a los cristales para saborearlos. Entonces una débil voz salió de la habitación:

Crick, crick. ¿Qué cruje, quién roe?
¿Quién mi casita se come?

Los niños contestaron:

Es el viento, sólo el viento,
el viento que viene del cielo.

Y siguieron comiendo. Hansel arrancó otro gran trozo del tejado mientras que Gretel desprendió todo un cristal de la ventana y se sentó cómodamente a disfrutarlo. Desde otra ventana los observaban. De pronto, se abrió la puerta y salió una anciana apoyada en un bastón. Hansel y Gretel se asustaron tanto que dejaron caer lo que tenían en las manos.

—¡Pequeños! —dijo la vieja, meneando la cabeza—. ¿Cómo llegaron aquí? Pasen y quédense conmigo, nadie les hará daño.

Los tomó de la mano y los metió en la casita.

Leche, pasteles, manzanas y nueces colmaban la mesa. Después de la cena la vieja les preparó dos lindas camitas en las que Hansel y Gretel se acostaron y se sintieron como en el cielo.

Pero la vieja fingía: era una malvada bruja que acechaba niños y había construido la casita de galleta para atraerlos. Cuando alguno caía en sus manos, lo encerraba, lo cocinaba y se lo comía; él día se convertía en una fiesta para ella. Las brujas siempre saben cuando las personas andan cerca, pues aunque tienen los ojos rojos y no ven bien, poseen un olfato tan fino como los animales.

La bruja se levantó muy temprano por la mañana antes de que los niños despertaran y cuando los vio durmiendo dulcemente, murmuró:

—Harán un platillo delicioso.

Luego, con su mano huesuda, sacó a Hansel de la cama, y lo encerró en una pequeña jaula. Él gritó y gritó tan fuerte como pudo, pero de nada sirvió. Luego regresó por Gretel, la sacudió hasta despertarla y le gritó:

—¡Levántate, holgazana! Trae agua y cocina algo bueno para tu hermano! Lo he encerrado en un jaula y tiene que engordar. ¡Cuando esté bien gordo, me lo comeré!

Gretel se echó a llorar desconsolada, pero todo fue en vano, tuvo que hacer lo que la bruja le exigía.

La mejor comida era para el pobre Hansel; en cambio, Gretel no recibía más que sobras. Cada mañana la vieja se deslizaba hasta la jaula y decía:

—Saca tu dedito, Hansel, quiero sentir si ya estás gordito.

Pero él sacaba un hueso de pollo; la vieja miope creía que eran los dedos del muchacho y se asombraba de que no engordara. Pasaron cuatro semanas y Hansel seguía flaco. Entonces la bruja, presa de impaciencia, gritó:

—¡Gretel, ven! Trae agua rápido, pues flaco o gordo, mañana cocinaré a Hansel y me lo comeré.

—Dios mío, ayúdanos, por favor —exclamó Gretel mientras acarreaba el agua y las lágrimas rodaban por sus mejillas—. ¡Si nos hubieran comido las fieras del bosque, por lo menos habríamos muerto juntos!

—Ahórrate tu lloriqueo, nadie te ayudará —dijo la bruja.

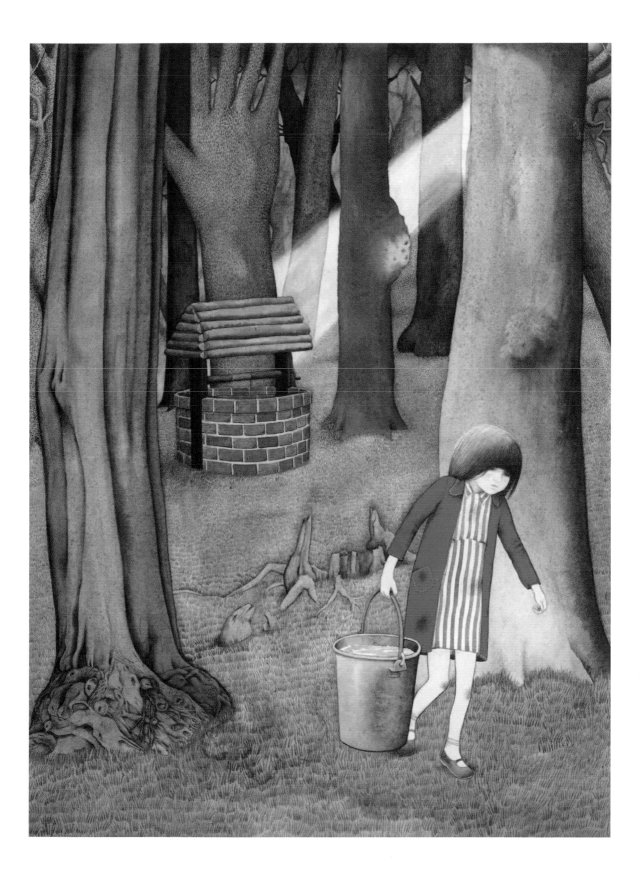

A la mañana siguiente Gretel tuvo que salir temprano, llenar el caldero con agua y encender el fuego.

—Primero vamos a hornear unas hogazas de pan —dijo la malvada vieja—. Ya he encendido el horno y la masa está lista.

Entonces empujó a la pobre Gretel hacia el horno y le dijo:

—Entra y mira si está bien caliente para que podamos meter el pan.

La bruja quería cerrar el horno para asarla y comérsela. Pero la niña adivinó sus intenciones y le dijo:

—Pero no puedo meterme. No sé cómo.

—¡Tonta! —gritó la vieja—. La abertura es lo suficientemente grande; yo misma cabría ahí.

Y para mostrárselo, metió la cabeza en el horno. Entonces Gretel la empujó con todas sus fuerzas, cerró la tapa de hierro y echó el cerrojo.

Sin perder un minuto, Gretel corrió a donde estaba su hermano, abrió la jaula y exclamó:

—¡Hansel, estamos salvados! ¡La vieja bruja ha muerto!

Hansel salió de la jaula como un pájaro puesto en libertad y saltaron y se besaron de alegría.

Y, puesto que ya no había por qué tener miedo, entraron en la casa de la bruja. En todos los rincones había cofres con perlas y piedras preciosas.

—¡Son mejores que los guijarros! —dijo Hansel mientras hinchaba sus bolsillos. Gretel también guardó tantas como pudo y se apresuraron a salir de la casa.

Después de varias horas, llegaron a un ancho río.

—No podemos cruzar —dijo Hansel—, ¡no hay ningún puente!

—Tampoco pasan barcos —contestó Gretel—. ¡Pero, mira! Allí viene un pato blanco; si se lo pido, estoy segura de que nos ayudará a pasar.

Así que lo llamó:

> *Patito, patito mío,*
> *Hansel y Gretel quieren cruzar el río.*
> *No hay puente en nuestro camino:*
> *Llévanos sobre tu blanco lomito.*

El patito se acercó. Hansel se subió en él y le pidió a su hermanita que se sentara a su lado.

—No —dijo Gretel—, sería demasiado peso para el patito. Será mejor que primero lleve a uno y luego al otro.

Una vez en la otra orilla, el bosque les resultó más y más familiar, hasta que vieron su casa a lo lejos. Entonces corrieron, entraron presurosos en la habitación y se echaron a los brazos de su padre. Él no había tenido un momento de tranquilidad desde que abandonara a sus niños en el bosque. La madrastra había muerto. Hansel y Gretel vaciaron sus bolsillos y las piedras preciosas saltaron y rodaron por el suelo. Sus penas habían terminado. Vivieron juntos y felices para siempre.

Colorín colorado
este cuento se ha acabado
por allí corre un ratón
que lo atrape quien lo alcance
y haga con él
una caperuza de piel.

Hansel y Gretel
se terminó de imprimir en
Impresora y Encuadernadora
Progreso, S.A. de C.V. (IEPSA),
calzada San Lorenzo 244, 09830, México D. F.
en el mes de abril de 2008.

El tiraje fue de 3 000 ejemplares.